taoisean

Gracie Summers

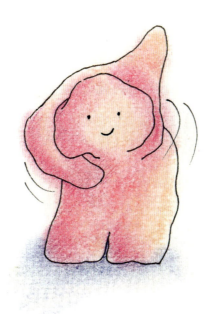

dealbhan

Veronica Petrie

acair

FLÙR

4

Tha an leabhar seo le:

Air fhoillseachadh ann an 2007 le Acair Earranta,
7 Sràid Sheumais, Steòrnabhagh, Eilean Leòdhais.

Na dealbhan Veronica Petrie
Deilbhte agus dèante le Acair Earranta

Clò-bhuailte le Gomer Press, Llandysul, A' Chuimrigh

Chuidich Comhairle nan Leabhraichean am foillsichear le cosgaisean an leabhair seo.

Tha Acair a' faighinn taic bho Bhòrd na Gàidhlig

LAGE/ISBN
0 86152 325 3
9 78086152325 2

taoisean

Rinn a' Bh-ph Ghreumach taois. Chuir i innte flùr.
Chuir i innte salann. Chuir i innte ola. Chuir i innte làn
spàin-bhùird de dhath dearg.

Mheasgaich i gu math iad. Chuir i an taois dhan
àmhainn. Cha do dh'fhàg i an taois anns an àmhainn ach
beagan mhionaidean. Cha robh i ag iarraidh aran a
dhèanamh idir. Bha i ag iarraidh taois a dhèanamh.

Thug a' Bh-ph Ghreumach an taois a-mach. Bha dath
pinc oirre agus bha i gu math teth. Leig i leis an taois
fuarachadh. Bha an taois furasta a h-obrachadh. Chuir
a' Bh-ph Ghreumach ann am bogsa i.

"Seo a-nis," thuirt i. "Bheir mi dhan sgoil a-màireach i.
Faodaidh a' chlann cluich leatha nuair a bhios iad deiseil
dhen obair."

Chuir a' Bh-ph Ghreumach às solas a' chidsin agus chaidh
i suas an staidhre a chadal. Cha b' fhada gus an robh srann
aice.

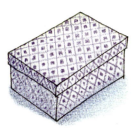

5

"Ha!" ars an taois "Chan fhuirich mise an seo!"

Dh'fhàs an taois suas àrd. Dh'fhàs ceann oirre. Dh'fhàs dà làimh oirre. Phut i am mullach far a' bhogsa. Spluc! Bha i air uachdar a' chuntair anns a' chidsin.

"Feumaidh mi a-nis casan," ars an taois.

Anns a' bhad, bha dà chois oirre agus bha i air tionndadh na duine.

"Ha!" ars an taois. "Is mise Taoisean!"

Sheas Taoisean gu h-àrd air aon chois. Bhuail e an rèidio is thàinig ceòl às. Thòisich e air dannsa ballet. Bha a chas eile air a lùbadh suas is a làmhan paisgte air a bheulaibh. Thionndaidh e is thionndaidh e air aon chois, is an tèile ga chuideachadh. Timcheall is timcheall a' chidsin a ghabh e. Tarsainn mullach a' chucair, suas air na preasachan, timcheall oir a' bhùird. Suas gu mullach an dorais, a' leum 's a' leum. Le trì buillean troma, stad an ceòl. Rinn Taoisean ùmhlachd.

"Tapadh leibh! Tapadh leibh!" ars esan ri fuaim nam boisean a bha a' tighinn às an rèidio.

"Och, och!" arsa Taoisean. "Tha mi glè sgìth. 'S fheàrr dhomh m' anail a leigeil gu madainn."

Spluc! Bha e na chnap taoise a-rithist. Leum an cnap taoise air ais dhan bhogsa. Thuit an cnap taoise na chadal agus bha srann aige.

Thàinig a' Bh-ph Ghreumach a-steach dhan chidsin madainn Diluain.

"Tha sin neònach," thuirt i. "Chuir mi am mullach air a' bhogsa. Tha e a-nis dheth."

Chuir i am mullach air a' bhogsa agus dh'fhalbh i leis dhan sgoil.

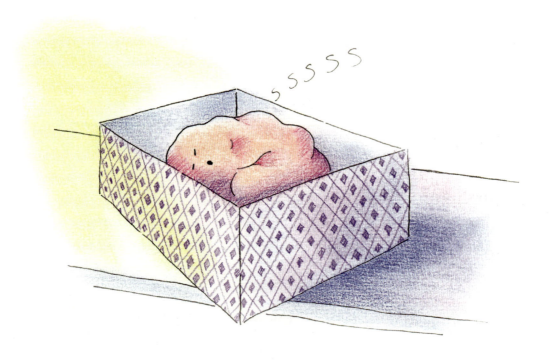

Bha am feasgar ann, agus bha obair-sgoile seachad airson an latha. Thug a' Bh-ph Ghreumach a-mach an taois.

"Taois!" dh'èigh Naomi. "Tha seo math."

"Nì sinn bùth," thuirt Raghnall.

Roilig iad a-mach an taois le na roilearan mòra. Bha iad a' deanamh bùth bèiceir. Rinn iad lofaichean agus bonnaich bheaga. Bha cumaidhean aca – cearcaill, triantain, rionnagan agus gealaich. Rinn iad briosgaidean le na cumaidhean agus bha iad gan reic anns a' bhùth. Deich sgillinn airson tè bheag agus fichead airson tè mhòr.

Cha b' fhada gus an robh àm stòiridh ann.

"Sgioblaichibh an taois ma-tà," ars a' Bh-ph Ghreumach.

Chuir a' chlann an taois air ais dhan bhogsa. Chuir iad na cumaidhean agus na roilearan dhan bhogsa aca fhèin. Dh'èist iad ris an stòiridh agus dh'fhalbh iad dhachaigh.

Dh'fhalbh a' Bh-ph Ghreumach. Dh'fhalbh an Ceannard, a' Bh-ph NicAsgaill. Dh'fhalbh na tidsearan uile. Dh'fhalbh an luchd-glanaidh. Dh'fhàs e dorcha.

"Ha!" ars an taois. Chan fhuirich mise an seo. Phut i suas mullach a' bhogsa.

Spluc! Bha Taoisean na sheasamh air an sgeilp far an do chuir a' chlann seachad an taois. Thuit mullach a' bhogsa chun an làir.

Chuir Taoisean cuairt air an rùm. Leum e air sèithear. Leum e an uair sin bho shèithear gu sèithear, gus an robh e an dèidh leum air na seachd-deug. Leum e air sèithear an tidseir, agus air an fhear a bharrachd a bha ann an oisean nan leabhraichean.

Leum e suas air bòrd an tidseir. Rinn e dannsa beag an sin. Leum e air na ceithir bùird far am biodh a' chlann nan suidhe agus rinn e dannsa eadar-dhealaichte air gach fear. Rinn e Dannsa Cruinn air a' bhòrd bhuidhe; rinn e Dannsa an t-Sabhail air a' bhòrd dhearg; rinn e Dannsa nan Clag air a' bhòrd liath; agus rinn e ruidhle air a' bhòrd uaine. Leum e mu dheireadh gu mullach a' bhùird-dhuibh agus choimhead e sìos às an sin.

"Nach ann an seo a tha an t-àite sgoinneil," thuirt esan ris fhèin.

Cò-dhiù, cha dèan math cus a dhèanamh a' chiad oidhche. Leum e sìos bhon bhòrd-dhubh. Leum e suas air an sgeilp. Spluc! Bha an cnap taoise air ais anns a' bhogsa. Thuit an cnap na chadal agus bha srann aige.

Thàinig a' Bh-ph Ghreumach a-steach tràth madainn Dimàirt. Chunnaic i mullach a' bhogsa taois air an làr.

"Tud!" ars ise. "Nach e a' chlann a tha mì-sgiobalta! Feumaidh mi trod riutha!"

Nuair a thàinig a' chlann dhan sgoil, agus a bha iad nan suidhe ann an oisean nan leabhraichean, thuirt a' Bh-ph Ghreumach, "Agus cò a dh'fhàg am mullach far a' bhogsa taois?"

"Cha b' e mise!" thuirt Eilidh.

"Cha b' e mise!" thuirt Faith.

"Cha b' e mise!" thuirt a h-uile duine.

Thuirt John, "Chuir mise am mullach air! Tha mi cinnteach às."

"Tha sin ceart," thuirt Katie. "Chunnaic mise e."

"Chan eil fhios cò chuir air an làr e," thuirt a' Bh-ph Ghreumach.

"Taibhs!" thuirt Anna.

"Congrinèro!" thuirt Ruth.

"Cha b' e taibhs!" thuirt Hannah. "Chan eil a leithid a rud ann."

"Chan eil," thuirt Heather. "'S e tha sin ach rud a bhios do phiuthar ag ràdh airson eagal a chur ort."

"Cha b' e Congrinèro!" thuirt Victor. "Bidh Congrinèro a' fàgail smùrach chriospaichean agus bhriosgaidean. Cha bhi e a' beantainn do bhogsaichean."

"Nì sinn cinnteach a-nochd gum bi am mullach air a' bhogsa," arsa Jacqueline.

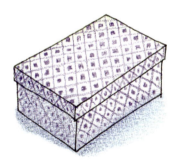

Feasgar, bha iad a' cluich leis an taois a-rithist. Bha i aca anns an taigh agus bha iad a' deanamh biadh leatha. Rinn iad hama, uighean, isbeanan, aran, ìm agus iomadach rud eile. Nuair a thuirt a' Bh-ph Ghreumach, "Sgioblaichibh a-nis an taois," chruinnich iad uile timcheall.

"A bheil am mullach ceart air a' bhogsa?" dh'fhaighnich Rachel.

"Tha," arsa Jade agus Marianne, is iad ga phutadh sìos. "Seall, Mrs Graham. Tha am mullach air ceart a-nochd."

"Nach math sin!" ars a' Bh-ph Ghreumach. Leugh i stòiridh dhaibh agus dh'fhalbh iad dhachaigh.

Dh'fhalbh a' Bh-ph Ghreumach.

Dh'fhalbh a' Bh-ph NicAsgaill.

Dh'fhalbh na tidsearan uile.

Dh'fhalbh an luchd-glanaidh.

Dh'fhàs e dorcha.

"Ha!" ars an taois.
"Chan fhuirich mise an seo!"
    Phut i suas mullach a' bhogsa.
Spluc! Bha Taoisean na sheasamh
air an sgeilp far an do chuir a' chlann
seachad an taois. Thuit mullach
a' bhogsa chun an làir.

    "Dè nì mi a-nochd?" arsa Taoisean ris fhèin.
"Bha mi a' dannsa a-raoir agus a' bhòn-raoir.
Tha mi sgìth de dhannsa. Seallaidh mi timcheall
an àite seo."

    Leum e suas gu mullach a' bhùird-dhuibh agus sheall
e timcheall. Chunnaic e na h-uinneagan le modailean na
cloinne nam bonn. Chunnaic e oisean nan leabhraichean is
a h-uile leabhar air a chur seachad gu sgiobalta. Chunnaic e
an taigh agus na panaichean is na soithichean ann. Chunnaic
e an sinc agus treidhe a' pheanta ri thaobh. Chunnaic e na
sgeilpichean le na geamachan agus an stuth-cunntais orra.

    "Nach ann an seo a tha an t-àite sgoinneil!" thuirt
Taoisean ris fhèin.

Air an fhacal, laigh sùil Thaoisein air a' ghainmhich agus air an uisge. Gu mì-shealbhach, bha a' Bh-ph Ghreumach an dèidh am bòrd-còmhdaich fhàgail far an uisge. Bha i am beachd fhalamhachadh agus a lìonadh às ùr a' chiad rud nuair a thigeadh i a-steach anns a' mhadainn. Bha i air am mullach fhàgail dheth airson gum biodh cuimhn' aice air sin a dhèanamh.

"Ha!" arsa Taoisean. "Snàmhaidh mi!"

Ghlac e a shròn eadar Uilleam Òrdag agus Calum Corrag agus leum e! Plum! Chaidh an t-uisge gu ruige a h-uile h-àite. Suas air na ballachan. Air a' bhrat-ùrlair. Air na h-uinneagan.

"Ho, ho!" arsa Taoisean. "Tha seo math!"

Shnàmh e sìos is suas treidhe an uisge deich tursan.

"B' fheàirrde mi siud," ars esan, ga chrathadh fhèin. "Ach gu dè tha seo?"

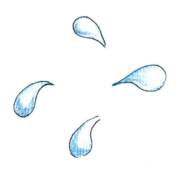

Chrath e fear dhe na crogain peanta. Dhòirt e am measg an uisge e. Thionndaidh an t-uisge dearg.

"Nach eil sin brèagha!" arsa Taoisean.

Dhòirt e am peanta buidhe a-steach. Thionndaidh an t-uisge orains.

"Nach eil sin iongantach!" arsa Taoisean.

Dhòirt e am peanta uaine a-steach. Thionndaidh an t-uisge dath eadar purpaidh agus glas.

"Tha sin nas iongantaiche buileach!" arsa Taoisean.

Dhòirt e am peanta liath a-steach. Thionndaidh an t-uisge glas.

"A ghia!" arsa Taoisean "Nach eil sin grànda!"

Fhuair e grèim air a' bhotal dhearg agus chrath e a-steach na bh' ann. Thionndaidh an t-uisge buileach glas an uair sin.

"Fichead ghia!" arsa Taoisean. "Coma leam dhen obair seo!"

Leum e dhan ghainmhich.

"Ha!" ars esan. "Nì mi caisteal."

Thog Taoisean caisteal. Chuir e ceithir turaidean agus dusan binnean air. Fhuair e sopan dearga agus cheangail e bìdeagan pàipeir riutha nam brataichean. Rinn e dìg timcheall air a' chaisteal agus lìon e i le uisge bhon tap. Neo-ar-thaing nach dèanadh Taoisean deagh chaisteal!

"Seo a-nis!" arsa Taoisean, a' suathadh a làmhan ri chèile airson a' ghainmheach a thoirt dhiubh. "Cha chreid mi nach do rinn mi gu leòr airson aon oidhche."

Leum e suas air an sgeilp. Spluc! Bha an cnap taoise air ais anns a' bhogsa. Thuit an cnap na chadal agus bha srann aige.

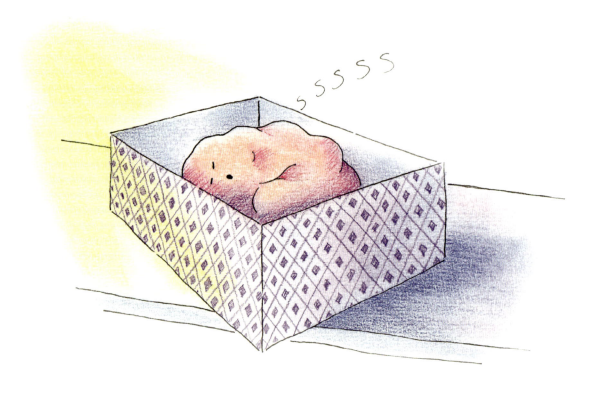

Thàinig a' Bh-ph Ghreumach a-steach tràth madainn Diciadain.

"Fèumaidh mi an toiseach sealltainn ris an uisge," bha i ag ràdh rithe fhèin agus i a' fosgladh an dorais.

Chunnaic i an t-uisge air feadh an rùm agus treidhe an uisge làn de pheanta grànda.

"Ò!" dh'èigh i. "Ò, gu sealladh orm! Gu dè th' air tachairt an seo? Cha b' e a' chlann a rinn an obair seo. Feumaidh mi innse dhan Cheannard."

Ruith i a-mach gu oifis a' Cheannaird, a' Bh-ph NicAsgaill. Thill iad le chèile.

"Abair milleadh!" ars an Ceannard, nuair a chunnaic i am peanta is an t-uisge air feadh an àite. "Nach iad na droch chreutairean, ge b' e air bith cò iad! Feumaidh sinn fios a chur air a' phoileasman."

21

"Ach seall!" thuirt a' Bh-ph Ghreumach, is i a' coimhead air a' chaisteal. "Feumaidh gun robh iad an seo ùine mhòr."

"Chan e obair chloinne bige a tha sin!" thuirt a' Bh-ph NicAsgaill. "Ach ciamar a fhuair iad a-steach? Chan eil uinneag no doras nach eil dùinte agus glaiste a h-uile h-oidhche."

Thàinig dà phoileasman agus cheasnaich iad a h-uile clas anns an sgoil. Am faca duine aca neach sam bith aig nach robh gnothach timcheall na sgoile? An cuala iad duine a' bruidhinn mu dheidhinn a bhith anns an sgoil? An sealladh iad a-mach agus an èisteadh iad feuch am faiceadh no an cluinneadh iad dad?

"Chan eil sinn a' tuigsinn ciamar a fhuair iad a-steach," arsa fear dhe na poileasmain. "Chan eil doras no uinneag briste. Cumaidh sinn sùil air an sgoil a-nochd."

23

Feasgar, chaidh Anna a dh'iarraidh a' bhogsa taois.
Mhothaich i gun robh am mullach dheth.

"Seallaibh, a Mhrs Graham," ars ise. "Feumaidh gun tug
an fheadhainn ud am mullach far a' bhogsa taois."

"Nach neònach nach do rinn iad sìon leis, ma-tà,"
ars a' Bh-ph Ghreumach.

Rinn a' chlann beathaichean leis an taois. Rinn iad coin,
crodh, caoraich is cait. Rinn iad luchainn, leòmhainn is
laghairtean. Rinn iad mathain is muncaidhean.
Mu dheireadh, thàinig àm na stòiridh.

"Sgioblaichibh an taois, ma-tà," ars a' Bh-ph Ghreumach.
Chuir a' chlann an taois air ais dhan bhogsa.

Chuir iad na roilearan air ais dhan bhogsa aca fhèin.

Rinn iad cinnteach gun robh am mullach air

a' bhogsa taois. Chuala iad an stòiridh

agus dh'fhalbh iad dhachaigh.

Dh'fhalbh a' Bh-ph Ghreumach.

Dh'fhalbh a' Bh-ph NicAsgaill.

Dh'fhalbh na tidsearan uile.

Dh'fhalbh an luchd-glanaidh.

Dh'fhàs e dorcha.

"Ha!" ars an taois.
"Chan fhuirich mise an seo!"

Phut i suas mullach a' bhogsa.
Spluc! Bha Taoisean na sheasamh
air an sgeilp far an do chuir a' chlann
seachad an taois. Thuit mullach
a' bhogsa chun an làir.

"Dè nì mi a-nochd?" arsa Taoisean ris fhèin.
"Bha mi a' cluich le uisge agus le gainmhich a-raoir.
Tha mi sgìth de dh'uisge agus de ghainmhich. Seallaidh mi
timcheall ach gu dè tuilleadh a tha an seo."

Leum e suas gu mullach a' bhùird-dhuibh agus sheall e
timcheall.

"Nach ann an seo a tha an t-àite sgoinneil!" arsa Taoisean
ris fhèin. "Nise, mas math mo chuimhne, tha oisean nan
leabhraichean, an taigh, na h-uinneagan agus na
sgeilpichean rin rannsachadh. Glè mhath. Tòisichidh mi le
bhith a' leughadh."

Leum Taoisean sìos a dh'oisean nan leabhraichean.

"Cò an leabhar, ma-tà?" thuirt e.

Thagh e leabhar a bha cuimseach mòr le aghaidh bhuidhe air. Bha mòran dhealbhan an sin le tòrr fhaclan. Bha dealbh de ghàrradh, de shràid, de bhùth dhèideagan agus de sgoil ann.

"Tha seo caran coltach ris an àite seo," arsa Taoisean nuair a chunnaic e dealbh na sgoile. "Cò-dhiù, coma leam dheth!"

Shad e an leabhar air an làr, agus thog e fear eile. Bha an leabhar seo beagan na bu lugha, agus dealbh de luch air aghaidh. Bha dealbhan gu math snog anns an fhear seo, ach cha robh Taoisean ro mhath air leughadh, is cha b' fhada gus an do shad e air an làr am fear sin cuideachd.

"Tha mi a' lorg fear a leughas mi," arsa Taoisean ris fhèin.

Tharraing e a-mach leabhar às dèidh leabhair gus an robh an dàrna leth air an làr.

"Tud!" arsa Taoisean. "Tha iad uile ro dhoirbh! Tha mi a' dol a chòcaireachd."

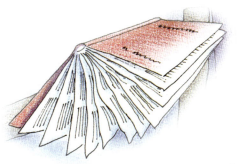

Leum e a-steach gu ruige an taigh. Bha na panaichean air an cur seachad gu dòigheil anns a' chidsin, am fear a bu mhotha gu h-ìosal, suas gus an robh am fear a bu lugha gu h-àrd.

"Tha mi ag iarraidh pana mòr airson ròic mhòr a dhèanamh!" arsa Taoisean.

Shlaod e a-mach am pana a bu mhotha a bh' ann. Siud sìos a h-uile gin aca le glag chun an làir.

"Nise, dè chuireas mi an seo?" thuirt Taoisean.

Thog e am bogsa chiùban ceudameatair far na sgeilp.

"Currain!" Shad e a-steach dòrlach chiùban orains.

"Creamh-gàrraidh!" Shad e a-steach dòrlach chiùban uaine.

"Bìdeagan tomàto!" Shad e a-steach dòrlach chiùban dearga.

"Tuinneip!" Shad e a-steach dòrlach chiùban buidhe.

"Uinnean!" Shad e a-steach dòrlach chiùban geala.

Steall e a-steach làn cupa uisge.

"Brot!" arsa Taoisean.

"Glè mhath!"

28

Leum Taoisean suas dhan uinneig. Chunnaic e am bàta a rinn Catrìona le bogsaichean. Thug e putag dhi agus thuit an luidhear dhith.

"Òbh-òbh!" arsa Taoisean. "Tha feum air barrachd glaoidh an seo."

Thog e am botal mòr glaoidh agus chrath e e. Dhòirt suas ri leth cupa a-mach.

"A ghia!" dh'èigh Taoisean. "Tha mi air mo ghànrachadh!"

Leum e sìos chun na sgeilp ìosail far an robh na geamachan. Thug e a-mach dealbh le mìrean – am fear leis na mucan air – ach lean na mìrean ri na làmhan aige.

"Fichead ghia!" thuirt Taoisean. "Feumaidh mi mi fhèin a ghlanadh!"

Shuath e a chasan air a' bhrat-ùrlair agus a làmhan air na cùirtearan.

"Och, och!" arsa Taoisean. "Tha mi air mo chlaoidh!"

Leum e suas air an sgeilp a-rithist. Spluc! Bha an cnap taoise air ais anns a' bhogsa. Thuit an cnap na chadal agus bha srann aige.

Thàinig a' Bh-ph Ghreumach a-steach tràth madainn Diardaoin. Chunnaic i an toiseach na mìrean air an làr. Chunnaic i an glaodh air a' bhrat-ùrlair agus air na cùrtairean. Chunnaic i an glaodh anns an uinneig agus bàta Catrìona air a milleadh.

Chunnaic i uisge agus ciùban agus panaichean air feadh làr an taighe. Chunnaic i na leabhraichean air an sadadh an siud 's an seo.

"Ò!" dh'èigh ì. "Ò, gu sealladh orm! Tha iad air a bhith an seo a-rithist. Feumaidh mi innse dhan Cheannard."

Ruith i a-mach gu oifis na M-p NicAsgaill. Thill iad le chèile.

"Nach b' iad siud na trustaran!" ars a' Bh-ph NicAsgaill nuair a chunnaic i an staid anns an robh oisean nan leabhraichean, agus an taigh, agus bonn na h-uinneig, agus an làr. "Feumaidh sinn fios a chur air a' phoileasman."

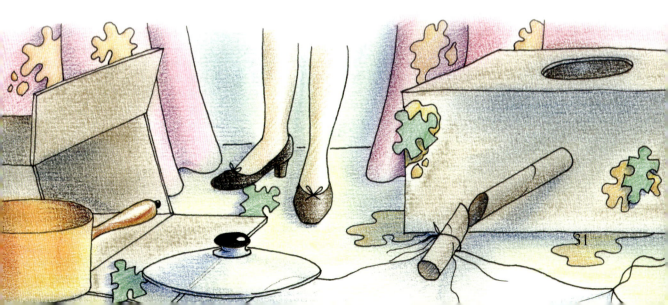

Thàinig an dà phoileasman a-rithist.

"Ach ciamar a thachair seo?" arsa fear aca. "Bha sinne timcheall an seo cha mhòr fad na h-oidhche."

"Cha mhotha tha uinneag no doras briste," thuirt am fear eile.

"Chan eil an còrr air a shon," ars a' Bh-ph NicAsgaill. "Feumaidh cuideigin a bhith a-staigh anns an sgoil cuideachd. Ma dh'fhanas mi fhèin agus fear-cùraim na sgoile anns an rùm, an cùm sìbhse sùil taobh a-muigh na sgoile a-rithist?"

"Nì sinn sin gu dearbh," thuirt na poileasmain, agus dh'fhalbh iad.

Feasgar, bha a' chlann a' cluich leis an taois a-rithist.
Cha robh i cho soirbh a h-obrachadh 's a bha i,
agus cha dèanadh i rudan cho math.

Mu dheireadh, thuirt Anna, "Mrs Graham,
tha glaodh am measg na taois seo."

"Cha ghabhainn iongnadh," ars a' Bh-ph Ghreumach.
"Nach robh glaodh anns a h-uile h-àite eile?"

Dh'fheuch a' chlann ri briosgaidean agus biadh
agus beathaichean a dhèanamh. Ach bha an
taois a' leantainn ri na làmhan aca. Mu dheireadh
sgioblaich iad dhan bhogsa i agus dh'iarr iad Lego.

"Glanaidh mi am bogsa sin madainn a-màireach,"
thuirt a' Bh-ph Ghreumach rithe fhèin.

Thàinig an t-àm airson stòiridh. Sgioblaich
a' chlann an Lego, dh'èist iad ris an stòiridh
agus dh'fhalbh iad dhachaigh.

Dh'fhalbh a' Bh-ph Ghreumach.
Dh'fhalbh a' Bh-ph NicAsgaill.
Dh'fhalbh na tidsearan uile.
Dh'fhalbh an luchd-glanaidh.

33

Tràth dhen fheasgar, thill a' Bh-ph NicAsgaill.
Thill fear-cùraim na sgoile. Thàinig an dithis aca a-steach
air an corra-biod gu rùm na M-p Greumaich. Dh'fhàs e
dorcha.

"Ha!" ars an taois. "Chan fhuirich mise an seo!"

Phut i mullach a' bhogsa. Nach e a bha trom!

"Och, och!" ars an taois. "Tha mi sgìth. Feumaidh gun
do rinn mi cus a-raoir. Nì mi norrag bheag eile."

Thuit an cnap taoise na chadal agus bha srann aige.

Cha robh an srann cho mòr 's gun cluinneadh
tu e aig taobh eile an rùm far an robh an dithis
ag èisteachd.

Dh'fhàs e anmoch. Sheall a
Bh-ph NicAsgaill ri a h-uaireadair.

"Tha e deich uairean," thuirt i.
"Chan eil sìon a' tachairt an seo.
Chan eil mi a' creidsinn gu bheil
iad a' dol a thighinn. 'S dòcha
gu fac' iad càr a' phoilis
's gun do theich iad."

"Tha sibh ceart," arsa Mgr Mac a' Ghobhainn. "Tha e cho math dhuinn fhèin falbh."

Choisich e a-null chun na h-uinneig agus sheall e a-mach. On a bha an solas dheth anns an rùm, chitheadh e dè bha a' dol ann an gàrradh na sgoile agus air an t-sràid.

"Chì mi càr a' phoilis," thuirt e, "ach chan eil dad a' gluasad."

Thionndaidh e agus rinn e air an doras.

Dhùisg an taois. "Aidh, aidh, aidh," ars ise a' mèaranaich. "B' fheàirrde mi siud."

Phut i suas mullach a' bhogsa. Spluc! Bha Taoisean na sheasamh air an sgeilp far an do chuir a' chlann seachad an taois. Thuit mullach a' bhogsa chun an làir.

"Dè bha siud?" ars a' Bh-ph NicAsgaill, a' gabhail ceum air ais dhan rùm.

Chuala Taoisean i agus chlisg e.

"Ò, chiall!" ars esan. "Tha mi air mo ghlacadh!"

"Thuit rudeigin," thuirt Mgr Mac a' Ghobhainn, a' deanamh air an àite às an tàinig am fuaim.

Bha cridhe Thaoisein na bheul. Sheas e mar gum biodh e air reothadh. Chuala e fuaim nan cas a' tighinn na b' fhaisge. Dè dhèanadh e? Chuala e Mgr Mac a' Ghobhainn ag ràdh, "Tha e cho dorcha ach saoilidh mi gu bheil rudeigin geal air an làr."

"Chì e mi!" arsa Taoisean ris fhèin. "Chan urrainn nach fhaic e mi! Ma thèid mi air ais dhan bhogsa, nì mi cus fuaim a' leum."

Cha robh an còrr air ach teicheadh. Rinn e air taobh eile an rùm, cho luath 's a bh' aige. Bha e aotrom air a chasan is cha do rinn e mòran a bharrachd fuaim na grìogag a' ruidhligeadh air an làr.

Ach chuala Mgr Mac a' Ghobhainn e.

"Cha chreid mi nach eil luchainn againn," ars esan.

"Luchainn!" arsa Taoisean, agus e na fhallas.

"Tha e a' smaoineachadh gur e luch a th' annam, is thig e às mo dhèidh airson mo mharbhadh. Gu dè a nì mi?

An uinneag! Thèid mi a-mach air an uinneig!"

Leum e suas dhan uinneig agus ruith e. Taoisean bochd! Cha do thuig e riamh gur e glainne a bh' ann an uinneig. Bha e na laighe am bonn na h-uinneig, tuainealaich na cheann agus gun chomas gluasaid aige. Bha e cho lag! Cha chluinneadh e dè bha iad ag ràdh leis a' ghaoir a bha na chluasan.

Bha e air a thogail ann an làimh mhòir.

Chuala e a' Bh-ph NicAsgaill ag radh, "Tàlaidhidh seo na luchainn cò-dhiù. Ach seall cho math 's a tha e air a dhèanamh. Aodann snog, beul, sròn agus sùilean."

Bha i a' coimhead air Taoisean anns a' bheagan solais a bha a' tighinn a-steach bhon t-sràid.

"'Eil fhios cò rinn e? Cò-dhiù, feumaidh mi innse cho laghach 's as urrainn dhomh carson a b' fheudar a thoirt a-mach às an seo. Cuiridh mi geall gun robh an luch ag ithe nan criomagan taoise a bh' air am fàgail anns a' bhogsa."

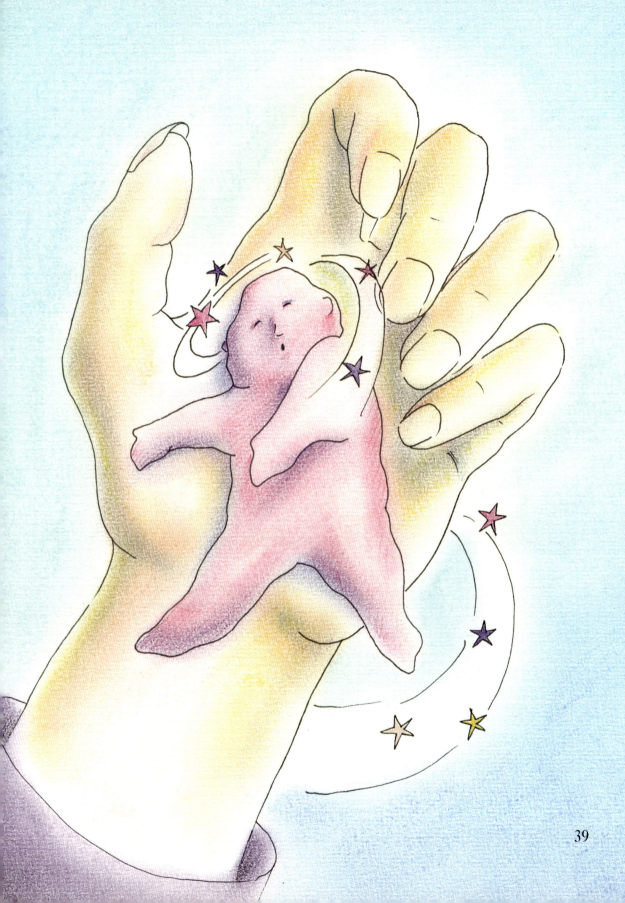

Chuir i Taoisean air ais dhan bhogsa agus dh'fhalbh i
fhèin agus Mgr Mac a' Ghobhainn dhachaigh. Bha gluasad
a' chàr agus am buille gu a cheann ga fhàgail tromsanach.
Thuit Taoisean na chadal agus bha srann aige.

Thàinig a' Bh-ph Ghreumach a-steach tràth madainn Dihaoine. Sheas i a-staigh aig a' Bh-ph NicAsgaill anns an dol seachad.

"Am faca sibh dad a-raoir?" dh'fhaighnich i.

"Dh'fhuirich sinn gus an robh e deich uairean," fhreagair a' Bh-ph NicAsgaill. "Cha robh sgeul air duine, ach tha eagal orm gu bheil luchainn anns an rùm agad. B' fhèudar dhomh an duine beag taoise a thoirt leam, agus na criomagan a bh' anns a' bhogsa. Feumaidh sinn na luchainn a ghlacadh."

"Cha robh duine beag ann," ars a' Bh-ph Ghreumach.

"Ò, bha," ars an Ceannard. "Anns an uinneig. Duine beag cho grinn 's a chunnaic thu riamh. Bha bìdeagan beaga glaoidh na mheasg gun teagamh, ach bha e math a dh'aindeoin sin. Tha e agam anns a' bhogsa aig an taigh."

Chrath a' Bh-ph Ghreumach a ceann agus bhìd i i fhèin, feuch an robh i na dùisg.

"Duine beag!" thuirt i. "Chan eil cuimhn' agam air a leithid a rud. Tha a h-uile rud a th' ann air mo chur às mo chiall!"

Bha am feasgar ann agus bha a' chlann deiseil dhen obair.

"Càit a bheil an taois?" dh'fhaighnich Naomi.

"Shad Mrs Graham a-mach i," thuirt John. "Bha i làn glaoidh."

"Nach coma," arsa Katie. "Cluichidh sinn le Lego."

Cha do dh'fhaighnich gille no nighean càit an robh an duine beag, oir cha robh duine beag ann.

... Ach ann an cidsin na Mnà-pòsta NicAsgaill, bha Taoisean a' dùsgadh an dèidh cadal math fhaighinn ...